دار جامعة حمد بن خليفة للنشر
صندوق بريد 5825
الدوحة، دولة قطر

www.hbkupress.com

الطبعة العربية الأولى عام 2023

الترقيم الدولي: 9789927161797

تمت الطباعة في بيروت-لبنان.

مكتبة قطر الوطنية بيانات الفهرسة – أثناء – النشر (فان)

نون، السيد، مؤلف.

هدية هاجر/ تأليف السيد نون ؛ رسوم شيرين سعيد. الطبعة العربية الأولى. - الدوحة، دولة قطر : دار جامعة حمد بن خليفة للنشر، 2023.

32 صفحة : إيضاحيات ملونة ؛ 28 سم

تدمك: 978-992-716-179-7

1. الهدايا -- قصص للأطفال. 2. الكويت -- المتاحف -- قصص للأطفال. 3. قصص الأطفال العربية. 4. الكتب المصورة. أ. سعيد، شيرين، رسام. ب. العنوان.

PZ10.731. N86 2023

892.737– dc23

202328618099

هَدِيَّةُ هَاجَرَ

تأليف: السيد نون

رسوم: شيرين سعيد

دار جامعة حمد بن خليفة للنشر
HAMAD BIN KHALIFA UNIVERSITY PRESS

مـرَّ خمسـونَ عامًـا عـلى وقـوفِ هـذه السـيدةِ في اللوحـةِ، قضتْهـا متنقلـةً بـينَ المعـارضِ حـولَ العـالمِ، حتـى وصلـتْ إلى **مركـزِ الشيخِ جابرِ الأحمدِ الثقـافيِّ**، المعـروفِ **بـدارِ الأوبـرا الكويتيـةِ**، والـذي يمتـازُ بمعـمارِهِ المدهـشِ.

تنشغلُ هـذه السـيدةُ بتأملِ زوارِ المعـرضِ، ومراقبـةِ الأطفـالِ الآتـينَ برفقـةِ آبائِهـم لزيارتِـهِ.

وذاتَ يـومٍ، التقـتْ عيناهـا بعينـيْ فتـاةٍ صغـيرةٍ، كانـتْ تتأمـلُ اللوحـةَ؛ فالعيـونُ الحائـرةُ تعـرفُ بعضَهـا!

عندئذٍ سألَتْها الفتاةُ: «لِمَ أنتِ حزينةٌ هكذا؟ ولِمَ تبدو يداكِ فارغتينِ دونَ صرةٍ. وكلُّ النساءِ منْ حولِكِ في اللوحةِ يحملنَ صررًا!»

أجابتْها السيدةُ: «الصرَّةُ يا صغيرتي يسمونَها "البقشةَ"، وهي قطعةُ قماشٍ نستخدمُها كالحقيبةِ. كنتُ أقدِّمُ ما في بقشَتي للمحتاجينَ. وبعدَ أنْ فرغتُ منْ ذلِك، أهديتُ قماشَها لجارتي كيْ تَخيطَها فستانًا لطفلتِها، وأصبحتُ دونَ بقشةٍ... وهذا هو سببُ حُزني».

رقَّ قلبُ الفتاةِ، وقالتْ: «أعدُكِ يا سيدَتي، بأنْ أُحضرَ لكِ أجملَ صرةٍ... أقصدُ بقشةً! أَستأذنُكِ الآنَ، وسأعودُ قريبًا».

ابتسمتِ السيدةُ وسألَتْها: «ما اسمُكِ يا صغيرةُ؟»

فأجابتْها: «اسمِي هاجرُ».

وانطلقتْ مسرعةً.

في صباحِ اليومِ التالي، قصدتْ هاجرُ برفقةِ والدَتِها **سوقَ المباركيةِ**، أحدَ أقدمِ الأسواقِ في العاصمةِ الكويتِ وأحدَ أبرزِ معالمِها التراثيةِ.

وبعدَ أنْ جالتَا في أرجاءِ السوقِ الكبيرِ، الذي يَضمُّ سوقَ التمورِ وسوقَ السمكِ وسوقَ السلاحِ وسوقَ المأكولاتِ الشعبيةِ وغيرَها منَ الأسواقِ، وصلتَا إلى دكانِ الأقمشةِ. واختارتْ هاجرُ قطعةَ قماشٍ ألوانُها زاهيةٌ، أُعجبتْ بها كثيراً.

وعندَ خروجِها ووالدتِها منَ السوقِ المزدحمِ بالزُّوارِ منْ أهلِ البلدِ والسياحِ، سمعتْ أصواتَ طيورِ النورسِ وهيَ تحلِّقُ في السماءِ كأنَّها تناديها.

أرادتْ هاجرُ أنْ تَلحقَ بطيورِ النورسِ. ومنْ نافذةِ السيارةِ، أخذتْ تتابعُها إلى أنْ حطَّتْ على شاطئِ البحرِ إلى جانبِ **أبراجِ الكويتِ** الثلاثةِ الشامخةِ.

البرجُ الأعلى يأخذُ شكلَ المبخرةِ، والأوسطُ يأخذُ شكلَ المِرَشِّ، والأصغرُ يأخذُ شكلَ المكحلةِ.

اقتربتْ هاجرُ منَ النوارسِ وسألَتْها: «ما أثمنُ شيءٍ لديكِ، أيَّتُها الطيورُ، يمكنُني أنْ أقدِّمَهُ هديةً إلى شخصٍ عزيزٍ عليَّ؟»

أعطتْها النوارسُ حباتٍ منَ اللؤلؤِ، ففرحتْ بها ووضعتْها في البقشةِ.

ثُمَّ سألتْ هاجرُ الطيورَ: «منْ أينَ يمكنُني الحصولُ على هدايا قيِّمةٍ أخرى؟»

فقالتْ لها: «اذهبِي إلى الجسرِ الطويلِ، وابحثِي عنِ الحوتِ "حتحوت"، وستجدينَ عندَه ما يُسعدُكِ».

وصلتْ هاجرُ إلى **جسرِ الشيخِ جابرِ الأحمدِ**، رابعِ أكبرِ الجسورِ البحريةِ في العالمِ، ويربطُ العاصمةَ الكويتيةَ بشمالِ البلادِ.

وقفتْ هاجرُ تنادي الحوتَ "حتحوت" منْ فوقِ الجسرِ، وما هيَ إلا لحظاتٌ حتى أقبلَ مُلبيًا النداءَ.

ارتفعَ فوقَ سطحِ الماءِ ونظرَ نحوَها، فسألَتْهُ: «ما أثمنُ شيءٍ لديكَ، أيُّها الحوتُ، يمكنُني أنْ أقدِّمَهُ هديةً إلى شخصٍ عزيزٍ عليَّ؟»

غطسَ الحوتُ في عمقِ الماءِ، ولمْ يَغبْ طويلًا، وعادَ يحملُ "غرشةً" صغيرةً مِنَ العنبرِ، وهي قارورةٌ زجاجيةٌ، أعطاها للفتاةِ.

قالتْ هاجرُ: «رائحةُ العنبرِ جميلةٌ تذكرُني برائحةِ جدَّتي».

ثُمَّ سألَتْهُ: «منْ أينَ يمكنُني الحصولُ على هدايا قيمةٍ أخرى؟»

قالَ الحوتُ "حتحوت": «اذهبِي إلى القصرِ الأحمرِ، وابحثِي عنْ "جربوعِ بنِ مربوعٍ"، وستجدينَ لديْه ما يسعدُك».

توجهتْ هاجرُ ووالدَتُها إلى **القصرِ الأحمرِ التاريخيِّ** في منطقةِ الجهراءِ الجنوبيةِ، والذي تحوَّلَ إلى متحفٍ تراثيٍّ.

وهناكَ رأتِ الفتاةُ "جربوعَ بنَ مربوعٍ" يقفزُ نحوَها، وهو يقولُ: **«أنا الجربوع ابن مربوع، ولو إيديَّه طول رجليَّه، ما لحقتني بنت العديَّة».**

لمْ تفهمِ المعنى، فأوضحَ قائلًا: «لوْ كانتْ يدايَ بطولِ رجليَّ، لما تمكنَ الأعداءُ منَ اللحاقِ بي».

ابتسمتْ وسألَتْهُ: «ما أثمنُ شيءٍ لديكَ، يا "جربوعُ"، يمكنُني أنْ أقدِّمهُ هديةً إلى شخصٍ عزيزٍ عليَّ؟»

فتحَ لها "الصندوقَ المبيَّتَ"، وهو صندوقٌ تَقتني العرائسُ مثلَهُ للهدايا والحاجياتِ.

وقالَ: «اختاري ما يعجبُكِ منَ الأقمشةِ والفساتينِ».

اختارتْ هاجرُ فستانًا ووضعتْهُ في البقشةِ.

ثُمَّ سألَتْهُ: «منْ أينَ يمكنُني الحصولُ على هدايا قيِّمةٍ أخرى؟»

فأجابَها الجربوعُ: «زُوري المحميةَ الكبرى وابحثي عنِ "الحِصْنيِّ"».

انطلقتْ هاجرُ ووالدَتُها نحوَ محميةِ صباحِ الأحمدِ الطبيعيةِ، مقصدِ الزوَّارِ في شمالِ شرقِ البلادِ.

وفورَ وصولِهما، باشرتْ هاجرُ البحثَ عنِ "الحصنيِّ"، أيْ ثعلبِ الصحراءِ، ويسمَّى "الفنكَ" أيضًا، إلى أنْ رأتْ أذنيْهِ الكبيرتينِ والمميزتينِ بينَ الشجيراتِ.

اقتربتْ منْهُ وسألَتْهُ: «ما أثمنُ شيءٍ لديكَ، أيُّها الحصني، يمكنُني أنْ أقدِّمَهُ هديةً إلى شخصٍ عزيزٍ عليَّ؟»

غابَ قليلًا، وعادَ حاملًا أربعةَ أساورَ ذهبيةٍ تسمَّى "مضاعدَ".

أما صديقُه الغزالُ، فأهداها "غرشةً" تفوحُ منها رائحةُ المسكِ الزَّكيةُ.

فرِحتْ هاجرُ بالهديتينِ ووضعتْهما في البقشةِ.

ثُمَّ سألتْهما: «منْ أينَ يمكنُني الحصولُ على هدايا قيِّمةٍ أخرى؟»

فقالا لها: «زُوري دروازةَ الجهراءِ، وابحثِي عنْ طائرِ الزرزورِ صاحبِ أجملِ صوتٍ في المكانِ».

ولأنَّ التعبَ نالَ منْ هاجرَ، فقدْ قررتِ استكمالَ جولتِها في اليومِ التالي.

وفي الصباحِ الباكرِ، توجَّهتْ هاجرُ معَ والدَتِها نحوَ **دروازةِ الجهراءِ**، البوابةِ التاريخيةِ والأهمِّ بينَ البواباتِ الخمسِ لسورِ الكويتِ.

رأتْ أنواعًا منَ الطيورِ تتجمَّعُ في محيطِ البوابةِ. واحتارتْ كيفَ ستتعرَّفُ على الزرزورِ؟!

ثُمَّ سمعتْ طائرًا يغردُ أجملَ الألحانِ، ويقتربُ منها قائلًا: «أنا الزرزورُ، كيفَ أستطيعُ مساعدَتَكِ؟»

فسألَتْهُ: «ما أثمنُ شيءٍ لديْكَ، أيُّها الزرزورُ، يمكنُني أنْ أقدِّمهُ هديةً إلى شخصٍ عزيزٍ عليَّ؟»

أعطاها قطعتينِ منَ "الديرم" أيْ لحاءِ الشجرِ؛ فلوَّنتْ شفتَيْها بالقطعةِ الأولى وصارَ لونُهما بنيًّا، ووضعتِ الثانيةَ في البقشةِ.

شكرَتْه على كرمِهِ، ثُمَّ سألَتْهُ: «منْ أينَ يمكنُني الحصولُ على هدايا قيمةٍ أخرى؟»

قالَ الزرزورُ: «زُورِي الساحلَ وقابلِي طائرَ الفلامنغو، فهوَ قادمٌ منْ هجرتِه محمَّلًا بالهدايا».

وصلتْ هاجرُ إلى **الساحلِ**، وجذبَها الهواءُ العليلُ والفضاءُ الساحرُ، مثلما جذبا طائرَ الفلامنغو المهاجرَ، ليستقرَ ويرتاحَ في الكويتِ.

رأتِ الطائرَ عنْ قُربٍ، وسحرَها جمالُ تدرجاتِ ألوانِه الورديةِ.

وقالتْ لنفسِها: «هذه بالتأكيدِ طيورُ الفلامنغو، ولا بدَّ أنها مُحمَّلةٌ بالهدايا».

سألتْ واحدًا منها: «ما أثمنُ شيءٍ لديكَ، أيها الفلامنغو، يمكنُنِي أنْ أقدِّمهُ هديةً إلى شخصٍ عزيزٍ عليَّ؟»

أهداها علبةً فيها سبحةٌ وثوبُ صلاةٍ وسجادةٌورديةُ اللونِ، فقبلتِ الهديةَ ووضعَتْها في البقشةِ، وشكرَتْهُ كثيرًا.

ثُمَّ سألَتْهُ: «منْ أينَ يمكنُني الحصولُ على هدايا قيمةٍ أخرى؟»

فقالَ لها: «زُوري جزيرةَ فيلكا، وقابلِي القبْقبَ؛ فلدَيْهِ علبٌ معدنيةٌ في داخلِها شيءٌ أسودُ تستخدمُه النساءُ للزينةِ».

حمـلَ المركـبُ هاجـرَ ووالدتَهـا إلى جزيـرةِ فيلـكا، التـي تجمـعُ تاريخَ الكويتِ القديمَ والحديثَ.

فالجزيـرةُ مليئـةٌ بمعـالمَ ثقافيـةٍ وتاريخيـةٍ، مـنْ نهايـةِ الألفيـةِ الثالثـةِ قبلَ الميلادِ حتى العصرِ الحديثِ.

ومعَ وصولِهما، بدأتْ هاجرُ في البحثِ عنِ القِبْقِبِ، أيْ سرطانِ البحرِ.

وسـمعتْ مـنْ بـينِ الصخـورِ أصـواتَ قـرعٍ ودقٍّ، وحـينَ اقتربـتْ أكـثرَ رأتْ عُلبًا معدنيةً، وعلمتْ أنَّ الأصواتَ صادرةٌ عنْ مخالبِ القِبْقِبِ.

سـألَتْهُ هاجـرُ: «مـا أثمـنُ شيءٍ لديـكَ، أيُّها القِبْقِـبُ، يمكنُنـي أنْ أقدِّمـهُ هديـةً إلى شـخصٍ عزيـزٍ علـيَّ؟»

ناولَها مكحلـةً معدنيـةً يوضـعُ فيهـا الكحـلُ، تشبهُ مكحلـةَ أُمِّهـا؛ فشكرَتْهُ واحتفظَـتْ بالهديـةِ في بقشـتِها.

ثُمَّ سألَتْهُ: «منْ أينَ يمكنُني الحصولُ على هدايا قيمةٍ أخرى؟»

قالَ القِبْقِبُ: «زُورِي الأكواريومَ في المركزِ العلميِّ، وقابلِي صديقي البطريقَ "بطروق"، وانقلِي إليه سلامي، وستجدينَ عندَهُ شيئًا نفيسًا».

وعادتْ هاجرُ وأمُّها أدراجَهما كيْ تستكمِلا الرحلةَ.

قصدتَا **المركزَ العلميَّ** الذي يحوي الأكواريومَ، وقاعةَ الاستكشافاتِ، وسينما آيماكس، ومتحفًا لصناعةِ السفنِ.

وتجوَّلتْ هاجرُ في أقسامِ الأكواريومِ المدهشةِ، ورأتْ الوَشَقَ والسحاليَ والخفافيشَ والخنافسَ والعقاربَ والثعابينَ. وفي قسمِ الحيواناتِ المائيةِ، التقتِ البطريقَ "بطروق"، ونقلتْ إليه تحياتِ صديقِه القِبْقِبِ.

ثُمَّ سألَتْهُ: «ما أثمَنُ شيءٍ لديكَ، أيُّها البطريقُ، يمكنُني أنْ أقدِّمهُ هديةً إلى شخصٍ عزيزٍ عليَّ؟»

غطسَ "بطروق" تحتَ الماءِ، وعادَ حاملًا شيئًا نفيسًا. إنهما خاتمانِ منْ خواتمِ المرامي، يمتازانِ بزخارفِهما الدقيقةِ.

فرحتْ هاجرُ بهما جدًّا، ووضعتْهما في بقشتِها.

ثُمَّ سألتْ البطريقَ "بطروق": «منْ أينَ يمكنُني الحصولُ على هدايا قيمةٍ أخرى؟»

فقالَ لها: «أنصحُكَ بزيارةِ مركزِ الشيخِ عبدِ اللهِ السالمِ الثقافيِّ، وستجدينَ فيه ديناصورًا ضخمًا، لديْهِ أثمنُ هديةٍ يا صبيةُ».

لمْ تتأخـرْ والـدةُ هاجـرَ في اصطحـابِ ابنتِهـا إلى **مركـزِ عبـدِ اللـهِ السالمِ الثقـافيِّ**؛ أحـدِ أكـبرِ المعـالمِ الثقافيـةِ المتطـورةِ في العـالمِ، إذْ إنـهُ يحـوي خمسـةَ متاحـفَ فريـدةٍ ومسرحًـا.

قصـدتْ هاجـرُ مختـبرَ الديناصـوراتِ التفاعـليَّ. واقتربـتْ مـنْ أحدِهـا، وقالـتْ لـه: «مرحبًـا بـكَ، مـا أضخمَـكَ أيُّهـا الديناصـورُ! أتسـمعُني؟»

أجابَها الديناصورُ: «نعمْ، أسمعُكَ».

أخبرتْهُ أنَّها جاءتْ لزيارتِه بناءً على نصيحةِ البطريقِ "بطروق"، وتريدُ منه خدمةً.

ثُمَّ سألَتْهُ: «ما أثمنُ شيءٍ لديْكَ، أيُّها الديناصورُ، يمكنُني أنْ أقدِّمهُ هديةً إلى شخصٍ عزيزٍ عليَّ؟»

أجابَها الديناصورُ: «عشتُ سنواتٍ طويلةً يا صغيرةُ، ولمْ أرَ خلالَها ما هو أجملُ مِنْ مساعدةِ الغيرِ».

ابتسمَتْ هاجرُ للديناصورِ، واقتربتْ منه وحضنَتْه.

وقالتْ لَهُ: «شكرًا لكَ على أحلَى هديةٍ».

كانَ اليـومُ الثـاني مـنْ جولـةِ هاجـرَ بـينَ معـالمِ الكويـتِ المهمـةِ ومواقعِهـا الحديثـةِ والتاريخيـةِ طويـلًا جـدًّا.

صحيـحٌ أنَّ المشـاويرَ أتعبَتْهـا قليـلًا، لكنَّهـا كانـتْ ممتعـةً في نفـسِ الوقـتِ!

وكيْ تُنهـي المهمَّـةَ التـي بدأتْها، عـادتْ هاجَـرُ إلى **دارِ الأوبـرا**، لتَفِـيَ بوعدِهـا لسـيدةِ اللوحـةِ، وتعطيَهـا البقشـةَ.

لكنَّهـا تفاجـأتْ بـأنَّ اللوحـةَ ليسـتْ موجـودةً!

بحثتْ عنها بينَ اللوحاتِ في قاعةِ المعرضِ ولمْ تجدْها، فحضنتِ البقشةَ وأخذتْ تبكي.

سألَها أحدُ المشرفينَ: «ما بكِ يا صغيرةُ؟»

حكـتْ لـه قصَّتَهـا، وسـألَتْهُ عـنِ اللوحـةِ، فأخبرَهـا أنَّهـا نُقِلَـتْ إلى معـرضٍ في مجمـعِ "الأفنيـوزِ" التجـاريِّ.

ناصر

لمْ تتأخرْ والدةُ هاجرَ في اصطحابِ ابنتِها إلى **مجمعِ "الأفنيوزِ"** الأكبرِ في الكويتِ.

ولفتَ انتباهَ الفتاةِ ضخامةُ البناءِ وتصميمُه العمرانيُّ الخلابُ، وأقسامُه المستوحاةُ من أعرقِ المدنِ في العالمِ.

واستمرَّتْ هاجرُ في البحثِ عنِ المعرضِ، لكنَّها لمْ تتوقَّفْ عنْ سؤالِها حوْلَ اللوحةِ!

وفجأةً! وجدتْ قاعةً فسيحةً مليئةً باللوحاتِ، وما لبثتْ عيناها أن تلاقتْ معَ عينيْ سيدةِ اللوحةِ.

وما أجملَ نظراتِ العيونِ الحائرةِ حينَ تلتقي مرةً أخرى!

ابتسمتْ هاجرُ وقالتْ لها: «تفضَّلي هذه أجملُ بقشةٍ لأجملِ سيدةٍ».

ابتسمتِ السيدةُ وقالتْ: «كمْ أنا سعيدةٌ الآنَ، شكرًا لكِ يا هاجرُ، لنْ أنساكِ أبدًا».

اتسعتْ ابتسامةُ هاجرَ، وتلوَّنتْ سماءُ اللوحةِ بالألوانِ.

وقبلَ أنْ تغادرَ هاجرُ المكانَ، لوَّحتْ للسيدةِ مبتسمةً، وهي تحملُ في قلبِها أثمنَ هديةٍ.